Pepita Thinks Pink
Pepita y el color rosado

By Ofelia Dumas Lachtman

Illustrated By Alex Pardo Delange

PIÑATA
BOOKS

Piñata Books
A Division of Arte Público Press
University of Houston
Houston, Texas 77204-2090

For David and Andy, who took Pepita to school with them.

Ofelia Dumas Lachtman

❖ ❖ ❖

To my best friend in the world, my husband Greg.

I love you, Alex Pardo DeLange

Publication of *Pepita Thinks Pink* is made possible through support from the Andrew W. Mellon Foundation and the National Endowment for the Arts. We are grateful for their support.

Esta edición de *Pepita y el color rosado* ha sido subvencionada por la Fundación Andrew W. Mellon y el Fondo Nacional para las Artes. Les agradecemos su apoyo.

Piñata Books are full of surprises!

Piñata Books
An Imprint of Arte Público Press
University of Houston
Houston, Texas 77204-2174

Lachtman, Ofelia Dumas.
     Pepita thinks pink = Pepita y el color rosado / by Ofelia Dumas Lachtman; illustrated by Alex Pardo DeLange: translated into Spanish by Yanitzia Canetti.
          p.   cm.
     Summary: Pepita does not like the color pink and is dismayed to learn that it is the favorite color of the little girl who moves in next door.
     ISBN 1-55885-222-0 (hardcover) / ISBN 1-55885-240-9 (paperback)
     [1. Pink--Fiction. 2. Color--Fiction. 3. Prejudices--Fiction. 4. Friendship--Fiction. 5. Mexican Americans--Fiction. 6. Spanish language materials--Bilingual.] I. DeLange, Alex Pardo, ill.   II. Canetti, Yanitzia.   III. Title.
PZ73.L24 1998   97-29676
                                                                                  CIP
                                                                                   AC

0 1 2 3 4 5 6 7 8 9   0 9 8 7 6 5 4 3 2

Pepita Thinks Pink
Pepita y el color rosado

Pepita was a little girl who liked many things. She liked baseball and soccer, burritos and salsa, bicycles and soft pillows. And, sometimes, even her brother Juan. But she did not like the color pink.

She liked other colors. She thought that red was like rubies and raspberries, brown was like buttery fudge, purple was like pretty pansies, that blue was beautiful, that yellow was yummy, and that green was great.

But not pink. Pink, she thought, was puny and pale. It reminded her of being sick. When she was sick with a fever, her cheeks grew hot and pink. When she was sick to her stomach, the medicine was pasty and pink and tasted terrible! No, Pepita did not like pink.

Pepita era una niña pequeña a quien le gustaban muchas cosas. Le gustaban el béisbol y el fútbol, los burritos y la salsa, las bicicletas y las almohadas blanditas. Y, en ocasiones, hasta su hermano Juan. Pero lo que no le gustaba era el color rosado.

Le gustaban otros colores. Pensaba que el rojo era como los rubíes y las frambuesas, que el marrón era como las pantelas de chocolate, que el morado era como esas bellas flores llamadas pensamientos, que el azul era hermosísimo, que el amarillo era delicioso, y que el verde era magnífico.

Pero el rosado no. El rosado, pensaba ella, era debilucho y pálido. Le hacía recordar una enfermedad. Cuando ella estuvo enferma con fiebre, sus mejillas se pusieron ardientes y rosadas. Cuando ella estuvo enferma del estómago, la medicina era pastosa y rosada ¡y sabía terrible! No, a Pepita no le gustaba el rosado.

On the first day of summer Pepita's mother said, "Today is the day that the new family moves in next door. And they have a little girl just your age."

Pepita thought a new friend would be nice. So all that day she looked for her. In the morning she peeked through the front window curtains, hoping her new friend would come out. In the afternoon Pepita and her dog, Lobo, sat on the front steps, waiting for her to appear. Just before supper a large yellow truck came. Next came a shiny green car. Then out of the car came a little girl carrying a pink balloon. She waved at Pepita and raced into the house next door.

Pepita waved back, a weak little wave, then went into her own house. She went into the kitchen. Her brother Juan was at the table buttering a corn tortilla.

El primer día de verano, la madre de Pepita dijo: —Hoy es el día en que la nueva familia se mudará para la casa de al lado. Y ellos tienen una niña de tu misma edad.

Pepita pensó que una nueva amiga era algo estupendo. Así que todo el día la estuvo esperando. En la mañana, observó con disimulo a través de las cortinas de la ventana de enfrente, con la esperanza de que su nueva amiga se asomara. En la tarde, Pepita y su perro, Lobo, se sentaron en los peldaños de la escalera del frente, esperando que ella apareciera. Justo antes de la cena, llegó un gran camión amarillo. Después llegó un carro verde brillante. Entonces, del carro salió una niña pequeña que traía un globo rosado. La niña saludó y corrió a meterse en la casa de al lado.

Pepita devolvió el saludo con desgano, y se metió en su propia casa. Se fue a la cocina. Su hermano Juan estaba en la mesa untando mantequilla a una tortilla de maíz.

Pepita's mother was at the stove preparing supper.

"Is your new neighbor here?" Pepita's mother asked.

"Yes," said Pepita with a frown. "And she's pink."

"What do you mean, pink?" Juan asked.

"Pink," said Pepita, "is pink. And that's what I mean. She's wearing a pink dress. She's got a pink balloon. And her face and arms are pink. She's pink all over."

"Well," Pepita's mother said, trying to hide a smile, "isn't that nice?"

"It's not nice at all," said Pepita. "I'd like her better if she was green."

"You're sure choosy," Juan said to Pepita. "Anyway, that's pretty dumb to not like a color."

"It's not dumb at all," said Pepita. "Green is a good color. If she was green she would remind me of soft grass and of my favorite green frog. But pink is the color of yucky, sticky stomach medicine."

"That's enough," Pepita's mother said. "People are people. And their color is not important."

La madre de Pepita estaba frente a la estufa preparando la cena.

—¿Ya llegó tu nueva vecina? —preguntó la mamá de Pepita.

—Sí —dijo Pepita con la frente arrugada. Y ella es rosada.

—¿Qué quieres decir con rosada? —preguntó Juan.

—Rosada —dijo Pepita—, es rosada. Eso es lo que quiero decir. Estaba vestida de rosado y traía un globo rosado. Y su cara y sus brazos eran rosados. Ella era rosada por todas partes.

—Bueno —dijo la madre de Pepita, tratando de esconder una sonrisa— ¿Eso no te parece agradable?

—No es nada agradable —dijo Pepita. Ella me caería mejor si fuera verde.

—¡Qué melindrosa eres! —le dijo Juan a Pepita. De cualquier manera, es bien tonto que no te guste un color.

—No es nada tonto —dijo Pepita. Verde es un buen color. Si ella fuera verde, me haría recordar de la hierba suave y de mi rana verde favorita. Pero el rosado es el color del jarabe para la tos.

—Ya es suficiente —dijo la madre de Pepita. Las personas son personas. Y su color no es lo importante.

In the morning Pepita's mother sent her to Mr. Hobbs' corner grocery store. As Pepita stepped outside she saw the little girl next door tying a pair of pink balloons to the post by her front gate. The little girl looked up and waved.

Pepita waved back, a weak little wave, and ran to the grocery store.

At the grocery store, Pepita said, "My mother wants a pound of jack cheese, Mr. Hobbs. She's making enchiladas to take to our new neighbors."

"All right," said Mr. Hobbs, wrapping the square of cheese. "Say, I hear you have a new little friend. That's mighty fine."

"It's not fine at all, Mr. Hobbs. She's pink. I'd like her better if she was blue."

"Blue?" Mr. Hobbs said. "That's funny."

"It's not funny at all," said Pepita. "Blue is a good color. If she was blue, she would remind me of butterflies and the blue umbrella in my back yard. But pink is the color of yucky, sticky stomach medicine."

"Well," Mr. Hobbs said, "people are people to me. I don't much notice their color."

Por la mañana, la madre de Pepita la mandó a la tienda de comestibles del señor Hobbs, que quedaba en la esquina. En cuanto Pepita salió de la casa, vio que la vecinita estaba amarrando un par de globos rosados al poste de su verja de entrada. La niña alzó la vista y la saludó.

Pepita le devolvió el saludo con desgano, y corrió a la tienda.

En la tienda, Pepita dijo: —Mi mamá quiere una libra de queso, señor Hobbs. Ella está haciendo enchiladas para darles la bienvenida a nuestros nuevos vecinos.

—¡Qué bien! —dijo el señor Hobbs, envolviendo el pedazo de queso. Pero cuéntame, oí que tienes una nueva amiguita. ¡Qué maravilloso!

—No es nada maravilloso, señor Hobbs. Ella es rosada. Me caería mejor si fuera azul.

—¿Azul? —dijo el señor Hobbs. ¡Qué chistoso!

—No es nada chistoso —dijo Pepita. Azul es un buen color. Si ella fuera azul, me haría recordar las mariposas y la sombrilla azul de mi patio. Pero el rosado es el color de las medicinas para el estómago.

—Bueno —dijo el señor Hobbs—, para mí las personas son personas. Yo no me fijo en su color.

In the afternoon Pepita went to see her Tía Rosa who lived three houses away. As she stepped outside, Pepita frowned. There was a second pair of pink balloons on her neighbor's fence. "Come on, Lobo," she said to her dog, and together they raced to Tía Rosa's door.

"Come in, come in," Tía Rosa said. She gave Pepita a cookie and said, "I hear you have a new little friend to play with. Isn't that lovely."

"It's not lovely at all," said Pepita. "She's pink. I'd like her better if she was purple."

"Purple?" said Tía Rosa. "Why?"

"Because," said Pepita, "purple is a good color. If she was purple she would remind me of piles of grapes and of a princess' velvet cape. But pink is the color of yucky, sticky stomach medicine."

"I see," Tía Rosa said. "But people are people, Pepita. And we come in many colors."

On the way home Pepita said to Lobo, "I know people are people. Why do they keep telling me that?"

Por la tarde, Pepita fue a ver a su tía Rosa, que vivía a tres casas. En cuanto salió, Pepita frunció el ceño. Había un segundo par de globos rosados en la cerca de su vecina.

—Vamos, Lobo —le dijo a su perro, y juntos echaron una carrerita hasta la puerta de Tía Rosa.

—Pasen, pasen —dijo Tía Rosa. Le dio una galletita a Pepita y le dijo—: Oí que tienes una nueva amiguita con quien jugar. ¡Qué encantador!

—No es nada encantador —dijo Pepita—. Ella es rosada. Me caería mejor si ella fuera morada.

—¿Morada? —dijo Tía Rosa— ¿Por qué?

—Porque el morado es un buen color —dijo Pepita. Si ella fuera morada me haría recordar los racimos de uvas y la capa de terciopelo de una princesa. Pero el rosado es el color de una asquerosa y pegajosa medicina para el estómago.

—Ya veo —dijo Tía Rosa. Pero las personas son personas, Pepita. Y nosotros somos de diversos colores.

De camino a casa, Pepita le dijo a Lobo: —Yo sé que las personas son personas. ¿Por qué ellos me lo repiten tanto?

At supper that night Juan said, "We have strawberry ice cream for dessert. And ha, ha! It's pink, Pepita!"

"That's why I'm eating it with my eyes closed," said Pepita.

"*¿Qué pasa? ¿Qué pasa?*" asked Pepita's father. "What's going on?"

"Pepita thinks pink is ugly, Papá," Juan said, "but she's eating the strawberry ice cream."

"Don't tease your sister," Papá said and turned to Pepita.

Esa noche, a la hora de la cena, Juan dijo: —Tenemos helado de fresa como postre. Y, ja ja ja, ¡es rosado, Pepita!

—Por eso me lo estoy comiendo con los ojos cerrados —dijo Pepita.

—¿Qué pasa? ¿Qué pasa? —preguntó el padre de Pepita. *What's going on?*

—Pepita piensa que el color rosado es feo, Papá —dijo Juan—, pero ella se está comiendo el helado de fresa.

—No molestes a tu hermana —dijo Papá, y se volteó hacia Pepita.

"I hear there's a new girl next door. A new playmate for you. What an excellent thing!" said Pepita's father.

"It's not excellent at all," said Pepita. "She's pink. I'd like her better if she was gray."

"Gray?" said Papá. "That's a strange color to be."

"It's not strange at all," said Pepita. "Gray is a good color. If she was gray she would remind me of my grandmother's hair and of the big clouds that gather before it rains. But pink is the color of yucky, sticky stomach medicine."

"That's true," said Papá. "And Abuelita's hair is nice. But people are people, Pepita. We may be different on the outside, but inside we are very much the same."

—Oí que hay una nueva vecinita en la casa de al lado. Una nueva compañera para jugar contigo. ¡Qué cosa tan excelente! —dijo el padre de Pepita.

—No es nada excelente —dijo Pepita. Ella es rosada. Me caería mejor si fuera gris.

—¿Gris? —dijo Papá. Es raro que alguien sea de ese color.

—No es nada raro —dijo Pepita. El gris es un buen color. Si ella fuera gris, me haría recordar el pelo de mi abuela y las grandes nubes que se amontonan antes de la lluvia. Pero el rosado es el color de la asquerosa y pegajosa medicina para el estómago.

—Eso es verdad —dijo Papá. Y los cabellos de la abuelita son hermosísimos. Pero las personas son personas, Pepita. Podremos ser diferentes por fuera, pero por dentro todos somos completamente iguales.

That night as Pepita lay in bed, she wondered what Papá meant. The same and different? It sounded like a riddle to her. She wondered and wondered until a frown grew on her face. When she couldn't find an answer, she flopped over on her stomach and fell asleep.

But falling asleep didn't help. Because she had a dream. In that dream, pale pink frogs sat on purple lily pads in a pond while bright green grapefruit floated in the sky above them. It was all very confusing, Pepita thought.

Esa noche, mientras Pepita descansaba en su cama, se preguntó qué había querido decir Papá. ¿Iguales y diferentes? Le parecía una adivinanza. Ella se preguntaba y se preguntaba hasta que su cara se fruncía cada vez más. Cuando no pudo hallar una respuesta, se acostó sobre su estómago y se quedó dormida.

Pero el quedarse dormida, no le sirvió de nada. Porque tuvo un sueño. En ese sueño, unas pálidas ranas rosadas estaban sentadas sobre unas moradas hojas de nenúfares que estaban en un charco, mientras una toronja de un verde brillante flotaba sobre ellas en el cielo. Todo era muy confuso, pensaba Pepita.

The next morning Pepita's mother wrapped the pan of enchiladas in a fresh linen towel and said, "Come, Pepita, let's go welcome our new neighbors." Then, with Lobo following them, they walked to the house next door.

The new girl was standing by her gate. "Hello," she said, "My name is Sonya. How do you like my balloons?"

Pepita's mother said, "They are very nice."

Pepita swallowed hard. "They're very nice," she said. "But I'd like them better if they were yellow. If they were yellow they'd remind me of bananas and big sunflowers. But pink is the color of..." Pepita stopped. Her mother, who was already at the door, was frowning down at her.

A la mañana siguiente, la madre de Pepita envolvió la fuente de las enchiladas en una toalla de lino y dijo: —Ven, Pepita, vamos a darles la bienvenida a nuestros nuevos vecinos. Entonces, con Lobo tras ellas, se encaminaron a la casa de al lado.

La nueva vecinita estaba parada por la verja.

—Hola —dijo. Mi nombre es Sonya. ¿Les gustan mis globos?

—Son muy bonitos —dijo la madre de Pepita.

Pepita tragó en seco.

—Son muy bonitos —dijo—, pero me gustarían más si fueran amarillos. Si fueran amarillos, me harían recordar las bananas y los grandes girasoles. Pero el rosado es el color de... —Pepita se contuvo. Su madre, que ya estaba en la puerta, la miraba con el ceño fruncido.

Sonya pulled loose one of the pink balloons. "Here," she said to Pepita. "This one's for you. Take it."

Pepita reached for the string holding the balloon. But just then a little breeze came up and blew the string right out of her fingers. Up, up went the pink balloon over Pepita's head.

Lobo barked.

Sonya yelled.

Pepita jumped high.

But it was no use.

Up, up went the pink balloon over the lamppost. Up, up over the tree by Mr. Hobbs' grocery store. And then up, up and higher and higher until it was lost in the sky.

Sonya jaló uno de los globos rosados.

—Tómalo —le dijo a Pepita. Éste es para ti.

Pepita agarró el cordelito que sujetaba el globo. Pero justo entonces, una brisa sopló y le arrancó el cordelito de los dedos. El globo rosado se elevó y se elevó sobre la cabeza de Pepita.

Lobo ladró.

Sonya gritó.

Pepita saltó bien alto.

Pero todo fue inútil.

El globo rosado se elevó y se elevó sobre el poste de la lámpara. Se elevó y se elevó sobre los árboles de la tienda del señor Hobbs. Y luego se elevó y se elevó, alto muy alto, hasta que se perdió en el cielo.

Sonya said, "Oh, oh!" and sat on the grass and cried. Lobo ran to her and licked her face.

"Don't cry," said Pepita. "It's not so bad. It was only pink."

"What's wrong with pink?" Sonya said. "It's my favorite color."

"I can see that," said Pepita. "Your clothes are pink. Your face is pink. You're pink all over."

"And what's wrong with that?" Sonya said. She stuck her tongue out at Pepita.

"Look, look!" said Pepita. "Even your tongue is pink!"

"So is yours," Sonya said and wiped away a tear. "Everybody's is." She put her arms around Lobo. "Anyway your dog likes me."

"Don't cry," said Pepita, "I like you, too. It's just that you're not blue like butterflies. Or purple like pansies. Or green like my favorite frog."

"I know," Sonya said nodding, "I'm pink."

—¡Ay, ay! —dijo Sonya. Y se sentó sobre la hierba y empezó a llorar. Lobo corrió hacia ella y le pasó la lengua por la cara.

—No llores —le dijo Pepita. No es tan terrible. Tan sólo era rosado.

—¿Qué hay de malo en el color rosado? —dijo Sonya. Es mi color favorito.

—Ya me doy cuenta —dijo Pepita. Tu ropa es rosada. Tu cara es rosada. Tu eres rosada por todos lados.

—¿Y qué hay de malo en eso? —dijo Sonya. Y le sacó la lengua a Pepita.

—¡Fíjate, fíjate! —dijo Pepita. ¡Hasta tu lengua es rosada!

—Y así es la tuya también —dijo Sonya, y se enjugó una lágrima. —Así es la de todos. —Y abrazó a Lobo. De cualquier manera, le caigo bien a tu perro.

—No llores —dijo Pepita. A mí también me caes bien. Es sólo que tú no eres azul como las mariposas, o morada como los pensamientos, o verde como mi rana favorita.

—Ya sé —dijo Sonya asintiendo con la cabeza. Soy rosada.

Pepita puckered up her face and thought hard. She remembered when Tía Rosa had said, People come in many colors. She remembered, too, when Papá had told her, We may be different on the outside, but inside we are very much the same. A tear rolled from Pepita's eye.

"Sonya," she said, "I like you even if you are pink, because people are people. And we're all the same, even if we are different."

Pepita alzó su cara fruncida y pensó con ímpetu. Recordó cuando Tía Rosa le había dicho: "Somos de diversos colores". Recordó también cuando su padre le dijo: "Podremos ser diferentes por fuera, pero por dentro todos somos completamente iguales". Una lágrima rodó por el ojo de Pepita.

—Sonya —dijo—, hasta me gusta que seas rosada, porque las personas son personas. Y nosotros somos iguales, hasta cuando somos diferentes.

"Huh?" Sonya said. "What does that mean?"

"That we all cry sometimes!" shouted Pepita, jumping up and down because she knew now what Papá's riddle meant. "And we all laugh, too! Besides we're all pink on the inside, so the outside doesn't matter! But your balloons do, don't they? Come on, let's go see if Mr. Hobbs has a pink balloon."

—¿Eh? —dijo Sonya. ¿Qué quiere decir eso?

—¡Qué todos lloramos algunas veces! —gritó Pepita, saltando y brincando porque ahora ya sabía lo que quería decir la adivinanza de Papá. ¡Y también todos reímos! Además, todos somos rosados por dentro, por eso, ¡qué importa lo de afuera! Pero tus globos, sí te importan, ¿verdad? Ven, vamos a ver si el señor Hobbs tiene un globo rosado.

So Pepita and Sonya, with Lobo bounding right behind them, raced down the block to the corner store.

Entonces Pepita y Sonya, con Lobo saltando tras ellas, echaron una carrerita hasta la tienda de la esquina.

Ofelia Dumas Lachtman was born in Los Angeles, the daughter of Mexican immigrants. Her stories have been published widely in the United States, including prize-winning books for Arte Público Press such as *The Girl from Playa Blanca* and *Pepita Talks Twice*.

Ofelia Dumas Lachtman nació en Los Angeles, hija de inmigrantes mexicanos. Ha publicado varios cuentos y libros, de los cuales algunos han resultado premiados, entre ellos: *The Girl from Playa Blanca* y *Pepita habla dos veces*, editados por Arte Público Press. Madre de dos hijos, Dumas Lachtman reside en Los Angeles.

Born in Venezuela, Alex Pardo DeLange was educated in Argentina and the United States, where she received a degree in Fine Arts from the University of Miami. Pardo DeLange started her career in art as a freelancer for advertising and design agencies. Four years ago, she took the plunge to realize a lifelong dream. Working in ink and watercolor, she began to illustrate books for children, including *Pepita Talks Twice* (Piñata Books, 1995). Pardo DeLange lives in Florida with her husband and three children.

Nacida en Venezuela, Alex Pardo DeLange fue educada en la Argentina y los Estados Unidos donde recibió su licenciatura en Bellas Artes de la Universidad de Miami. Pardo DeLange inició su carrera como artista independiente trabajando para agencias de publicidad y diseño. Hace cuatro años se lanzó a realizar el sueño de toda su vida: incursionar en el empleo de técnicas en tinta y acuarela. Comenzó con la ilustración de libros infantiles, entre ellos: *Pepita habla dos veces* (Piñata Books, 1995). Pardo DeLange radica en Florida con su marido y tres hijos.